AVVA, la mère

(Une élégie)

Translated to French from the English version of

Avva the Mother (An Elegy)

Sabbani Laxminarayana

Ukiyoto Publishing

All global publishing rights are held by

Ukiyoto Publishing

Published in 2024

Content Copyright © Sabbani Laxminarayana

ISBN 9789361722974

All rights reserved.

No part of this publication may be reproduced, transmitted, or stored in a retrieval system, in any form by any means, electronic, mechanical, photocopying, recording or otherwise, without the prior permission of the publisher.

The moral rights of the author have been asserted.

This is a work of fiction. Names, characters, businesses, places, events, locales, and incidents are either the products of the author's imagination or used in a fictitious manner. Any resemblance to actual persons, living or dead, or actual events is purely coincidental.

This book is sold subject to the condition that it shall not by way of trade or otherwise, be lent, resold, hired out or otherwise circulated, without the publisher's prior consent, in any form of binding or cover other than that in which it is published.

www.ukiyoto.com

UN LONG POÈME TOUCHANT
-Anugu Narsimha Reddy

La poésie a, elle aussi, une longue histoire, à l'instar du parcours de l'homme. Seuls le contenu et la forme changent en fonction des exigences de l'époque. L'expression reflète l'identité et l'unicité d'un poète. On dit de la poésie : "Si tu ne me demandes pas, je sais ; si tu me demandes, je ne sais pas". En littérature, la brièveté n'est possible qu'en poésie. On peut mieux s'exprimer en quelques phrases. La poésie peut mieux transmettre les pensées sous-jacentes d'un poète. Le succès de la poésie réside dans le fait qu'elle transmet succinctement plusieurs niveaux de signification.

Il semble que Avva soit nommé Nagavva.

Qui sera baptisé en toute connaissance de cause Nagavva

Nagavva signifie Nagamma signifie

Comme l'histoire de la ballade Balanagamma,

C'est un ascenseur de troubles et de larmes

Le poète Sabbani Lakshminarayana affirme que le parcours de sa mère est similaire à l'histoire de Balanagamma. Il dit qu'il est chargé d'ennuis et de larmes. Les multiples dimensions de l'histoire enrichissent le champ de compréhension du lecteur. Inconsciemment, le lecteur est hypnotisé par la magie de Mayala Phakeer et le culte du héros de

Balavardiraju. Il se rend compte que le secret de la vie de Mayala Phakeer réside dans le Perroquet. De nombreuses personnes s'attendent généralement à ce que le Bien triomphe du Mal, en fin de compte. Bien que le poème parle manifestement de Nagavva, il s'agit en fait de toutes les mères en général, comme un lecteur ordinaire peut le comprendre, et c'est là que réside le charme de tout bon poème.

L'élégie est un poème déplorant la mort d'êtres chers et proches. Une élégie pastorale anglaise remarquable est "Lycidas" de John Milton, qui pleure la mort d'Edward King, un camarade de collège. Matru Geethalu de Nayini Subbha Rao est un exemple classique d'élégie telugu dans laquelle Subba Rao évoque les souvenirs de sa mère et dit : "Je viendrai là et là, je rejouerai le jeu de la mère et du fils". Avva, la mère appartient également au même genre.

Avva, la mère est une élégie écrite en vers libres en telugu par Sabbani Lakshmi Narayana, poète et critique bien connu. Le texte a été magnifiquement traduit en anglais par le Dr. P. Ramesh Narayana, qui a conservé l'esprit et l'émotion perceptibles dans le texte de la langue source. Sa portée est renforcée par la traduction en anglais. Cette élégie dépeint l'histoire et la vie de Srimathi Sabbani Nagavva, une femme de la classe moyenne inférieure, qui a affronté la vie avec audace comme une guerrière dans une bataille pour le bien de ses enfants. Bien qu'elle ait traversé une mer de larmes, elle n'a jamais perdu son humanité et sa joie de vivre. Selon le poète, elle était bavarde et aider les autres était dans sa nature. Ses problèmes ont commencé dès sa naissance.

Au moment de l'accouchement, elle n'a pas pleuré

Et tout le monde pensait que le bébé était mort

Pendant deux jours, elle est abandonnée

Sous le banian derrière la maison, quelqu'un a versé du lait dans l'espoir que l'enfant vive

Ses problèmes ont donc commencé dès sa naissance. Ils ont continué même à Bommakal, à Karimnagar, où son partenaire de vie est parti tôt et où elle a assumé la responsabilité d'installer ses enfants dans la vie de manière décente, avec un emploi respectable. Le poète dit que non seulement lui mais aussi les autres doivent s'imprégner du courage, de la confiance en soi, de la communication, de la tolérance et de la patience de sa mère Nagavva.

Bien que ce long poème écrit par Shri Sabbani Lakshmi Narayana soit consacré à sa mère bien-aimée, celle-ci apparaît comme une mère affectueuse et engagée du pays. Depuis très longtemps, cette région dépérit faute de moyens de subsistance, le secteur agraire étant traité avec indifférence et l'endettement rural étouffant les pauvres et les classes moyennes inférieures. Toutes ces choses apparaissent naturellement comme la toile de fond qui élève ce long poème. Un poète ne peut jamais se soustraire à l'impact de sa société. Avva, la mère, le prouve avec force. Je suis heureuse de voir ce livre émouvant magnifiquement traduit en anglais. Félicitations au poète et à la traductrice. Je les remercie de m'avoir donné l'occasion d'exprimer mon point de vue sur ce long poème.

-Anugu Narsimha Reddy

8978869183

,..

Avva la mère Au Telangana, et plus particulièrement dans le district de Karimnagar, nous appelons notre mère "Avva". Les premiers mots qui sortent de la bouche du bébé sont Avva, Amma, Attha en télougou, qui sont issus des voyelles primaires. Selon la Bible, les êtres humains primitifs sont Adam et Avva. La signification d'Avva en anglais est , un prénom de fille et il a aussi de multiples significations comme Oiseau et de l'eau. Dans certaines régions du pays telugu, la mère est appelée Amma et la grand-mère Avva. Aujourd'hui, certains appellent leur mère Amma et aussi Mummy dans la culture du papa et de la maman. Ma mère, Avva est ma vie, Avva est mon inspiration. En un mot, ce livre est ma petite autobiographie. Il reflète ma vie et celle de ma mère. Les racines de ma vie sont profondément liées à ma mère. Je ne suis que l'enfant mâle d'elle, en plus de ses quatre filles. Elle m'aimait donc beaucoup. J'admire son courage, son travail acharné, sa discipline, son sens du travail, sa nature aidante, sa nature amicale, sa capacité à parler, sa qualité de leader et son intelligence. Elle était une bonne oratrice, et le folklore du Telangana s'exprimait avec fluidité, comme une rivière qui coule. Elle était capable de parler couramment des centaines d'expressions idiomatiques de Telangana en fonction de la situation. Sa voix m'a vraiment manqué. À l'époque, j'avais l'intention d'enregistrer ses paroles et ses dictons, ainsi que les histoires et les souvenirs de sa vie, à l'aide d'un magnétophone. Mais j'ai tardé à le faire. Soudain, sans s'attendre à rien, elle est morte sans me donner l'occasion d'enregistrer sa voix. Telle une fourmi, telle une abeille, elle a été très observatrice et travailleuse dans sa vie. Elle est née dans une famille pauvre et est entrée dans la vie de son père à l'âge de l'adolescence. Ce qu'elle a obtenu, c'est mort de son père à l'âge mûr, vers quarante ans. Le père n'avait plus rien à nous offrir. J'avais alors six ans. Elle avait cru en ses bras et en son travail. Elle n'a jamais rien demandé à personne de toute sa vie. Comme une mère poule, elle a élevé ses enfants. Elle n'a jamais cherché à obtenir des millions et des milliards, mais seulement les moyens de subsistance qu'elle attendait. Heureusement, elle n'a pas interrompu mon éducation. C'est ce qui m'a permis d'améliorer ma vie. A l'âge de 23 ans, j'ai fait le Govt. J'ai obtenu un poste d'enseignant après avoir obtenu mon diplôme et mon B.Ed. Jusqu'à ce moment-là, elle a travaillé pour nos vies. Pendant plus de cinq décennies, elle a lutté dans sa vie. Vraiment, c'est elle qui a gagné dans sa vie. Le travail acharné de ma mère et l'honnêteté de mon père sont à l'origine de ma vie. Elle m'a élevé jusqu'à l'âge de 23 ans, puis j'ai veillé attentivement sur moi pendant les 26 années qui ont suivi. Ce sont des jours qu'elle a passés librement et de manière satisfaisante. Je suis l'enfant de la première génération d'une personne éduquée dans ma famille. C'est merveilleux ! Le petit-fils de la mère, c'est-à-dire mon fils qui vit actuellement en Amérique, les arrière-petits-fils de la mère sont nés en Amérique. Mère est décédée le 27 septembre 2009 à la veille de la fête de Dasara, très facilement dans mes mains lors de la prise des repas sans gêner les autres. À l'âge d'environ 84 ans, elle est décédée en bonne santé. J'ai l'impression que son moi intérieur est toujours avec moi. Je me souviens de Dieu et de ma mère dans les situations difficiles de ma vie. Elle me montre le bon chemin et me donne les solutions. De son vivant, j'ai construit une maison à Karimnagar et acheté des terres agricoles à Bommakal, ma ville natale. Une mère pauvre, un ouvrier agricole qui attend plus que cela ! J'ai obtenu une promotion dans ma carrière à tous les niveaux. Elle aimait mes deux fils. Elle aimait bien ma femme, sa belle-fille Sharda. Toutes ses filles et leurs enfants sont installés dans leur vie sous ses yeux.   Avva, la plus pauvre des pauvres mères, ma mère bien-aimée ! Que puis-je lui donner ? Après 11 mois de sa disparition de ce monde. J'ai commencé à écrire sur elle avec mes souvenirs. Du 3 au 24 septembre 2010, j'ai composé une élégie d'environ 900 lignes en telugu, ma langue maternelle. Comme une source d'eau, il a émergé de mon cœur ! C'est l'Avva 'అవ్వ en télougou. Le livre d'Avva a été publié chez nous, dans ma ville natale de Bommakal, à l'occasion du premier anniversaire de sa mort, en présence d'amis, de parents et de poètes amis. Ce jour-là, c'était vraiment le festival littéraire, des poètes de Karimnagar, Sircilla, West Godavari, Ananthapuram, Hyderabad, Machili Patnam, Adilabad étaient présents ce jour-là. Il y a cinq ou six ans, le Dr Ramesh Narayana d'Ananthapuram, un de mes bons amis, a traduit le livre Avva en anglais. Merci au Dr. Ramesh Narayana. Nous remercions le Dr Anugu Narsimha Reddy pour sa précieuse préface à cet ouvrage.

C'est " Avva the Mother ", le premier livre traduit en anglais.
J'attends les bénédictions de ma mère. Je crois qu'elle m'accorde ce que j'attends !
Merci à tous mes proches !
Sabbani Laxminarayana.
Karimnagar, Date : 28-9-2022.

Avva signifie une œuvre poétique glorieuse

Pour moi, un souvenir immortel

Parmi les premiers Adam et Eve, comme l'Eve

Né dans le village de Rekonda, Chigurmamidi mandal

Entrée dans la famille au village de Bommakal, Karimnagar mandal

Avva, on ne sait pas qui l'a nommée Nagavva

Peut-être derrière la maison de la mère d'Avva, près de l'arbre Banyan.

Il semble que dans le temple de la divinité rurale Peddama Ant hill, il y avait un cobra.

Avva à Nagula Narsimulu et Nagula Venkata Rajavva

Naît comme quatrième enfant

2 — AVVA, la mère

Au moment de la naissance, elle n'a pas pleuré

Et tout le monde pensait que le bébé était mort

Pendant deux jours, elle se réfugie sous le banian derrière la maison

Quelqu'un a versé du lait en espérant que l'enfant vivra.

Si Avva est vivant, O ! Naganna, l'enfant portera votre nom.

Nagamma, le cobra a été prié

Au bout de deux jours, le bébé a commencé à bouger

Avva était vivant de cette façon

Derrière la maison, sous le banian, près du temple de Peddamma

Sur le cobra de la fourmilière

Il semble qu'Avva soit appelé Nagavva.

Qui sera baptisé en toute connaissance de cause Nagavva

Nagavva signifie Nagamma signifie

Comme l'histoire de la ballade Balanagamma, c'est une vie de problèmes et de larmes.

Nagavva signifie cependant : pas de guerre ni de tactique.

Comme la nature stoïque de Palnadu Nagamma

Comme son travail, l'histoire d'Avva sera

De même, la naissance d'Avva est la naissance même des troubles

Certains sont nés pour travailler et pour connaître des difficultés seulement

Même Avva est né de cette façon pour des problèmes

4   AVVA, la mère

Le séjour d'Avva peut être une mer déchirante

Né dans un foyer où, à moins de travailler dur, il n'y a rien à manger

O ! Avva, lorsque vous arrivez aux pensées

Le chagrin monte comme une source dans un puits profond

Il s'écoule comme un ruisseau

Voilée et stratifiée à plusieurs reprises, elle vient transpercer le cœur.

Combien de personnes doivent être informées, qu'est-ce qui doit être dit ?

La mère, la patrie sont plus lourdes et plus grandes que le ciel.

Dans mon village, je suis le fils de qui ?

N'est-ce pas moi qui suis identifié comme le fils de Sabbani Nagamma seulement ?

Mon existence, mon identité n'est pas seulement toi, ô ! Mère

Ton amour, ton nom, ta gloire, qu'elle est grande !

Tout le monde aura un nom

Cela dépend uniquement de l'expérience et de l'identité de chacun

Vous n'avez pas demandé de pierres précieuses, pas de terres désirées

Ne s'attendaient pas à des maisons ou des manoirs

Seulement pour vivre et faire vivre vos enfants

Tu as toujours angoissé comme un oiseau

Semblable à un coq qui tient ses poussins près de sa poitrine.

AVVA, la mère

Vous avez pris soin de vos cinq enfants

Comme la mère poule qui met des grains dans la bouche de ses petits

Donner à ses enfants le peu qu'on a

Qu'il s'agisse d'un petit morceau ou d'une autre chose, vous les avez nourris et maintenus en vie

N'a jamais mendié à la porte de quelqu'un

Vous êtes peut-être une déesse du travail

Et le travail est un culte pour vous

Dans les travaux des champs, il faut savoir s'il faut transplanter ou enlever les mauvaises herbes.

Faut-il couper le riz ou ramasser les piments ?

Couper l'épi du labyrinthe ou de la tige de jowar ou enlever l'herbe de boora

Ou pour couper le gramme rouge dans le champ, tes mains étaient toujours prêtes

En quelle saison, à quel moment les récoltes arrivent-elles ?

En ces saisons et à ces époques, tous ces types de produits

A la gloire de tes mains qui ont travaillé pour le disponible

Nous avez-vous fait mourir de faim un jour sans nourriture ?

Travaillant comme un ouvrier luttant comme un oiseau

Vous avez nourri vos enfants

Tous les champs de notre village

Près de la rive de la rivière, du ruisseau, si Nalla Cheruvu (réservoir noir), Gundla Cheruvu (réservoir pierreux).

8 AVVA, la mère

ou Godhuma Kunta (char de couleur blé)

Y a-t-il un champ que vous n'avez pas repiqué ou que vous n'avez pas désherbé ?

Oui, tu es le Nagavva qui s'est mêlé à tout le monde dans le village

Vous êtes la mère qui a traité les problèmes de tous comme les siens propres

Celui qui a eu des difficultés, soit avec vos paroles apaisantes,

ou par vos actions bienveillantes vous êtes la mère qui a soulagé

Vous êtes la mère qui conversait avec tout le monde avec une innocence transparente

Ouah ! Sabbani Nagavva qui ne la connaît pas

Comme une cloche qui sonne en permanence, tes mots sont un flot

Votre attitude intime vous a donné une identité particulière parmi tous les autres.

À moins de travailler dur, nous sommes ceux qui n'ont rien à manger

Seuls ceux qui n'ont que quelques mètres avec ce foyer parental que nous avons

Propriétés, bâtiments, champs de culture, manoirs, ornements, qu'avons-nous ?

Vraiment, très vraiment, comment pourriez-vous nous nourrir tous ?

Par manque de nourriture ou de vêtements, tu n'as jamais permis que nous souffrions

À la mort de ton père, tu n'avais qu'une quarantaine d'années

Lorsque le père n'était plus là, seules la sœur aînée et Rajakkaa se seraient peut-être mariées.

Satthakka, moi-même et Sulochana avec vous

Satthakka, huit ans, moi-même, six ans, et

Votre fille cadette Sulochana a trois ou quatre ans.

Oui, il faut nous nourrir O ! Mère

Vous avez pris soin de nous tous O ! Mère

Vous nous avez montré une voie O ! Mère

Vous avez fait de nous des membres de la famille O ! Mère

Tout au long de votre vie, vous avez travaillé avec acharnement

Il semble que certains ne vivent que pour manger

Oui, n'est-ce pas que nous n'avons mangé que pour vivre ?

Nous devons vivre et travailler

Nous devons faire le travail de coolie, transplanter les pousses, enlever les mauvaises herbes...

Couper le paddy, porter le panier de vannage

Pas des siens, pas des personnels

C'est seulement pour le plaisir de travailler qu'il faut travailler

C'est uniquement pour gagner sa vie que le travail doit être effectué

Quel est ce paiement par jour, seulement un peu de huit anaas (Ataana), les cinquante paise

Il est plus élevé s'il s'agit de trois chukkalu (étoiles) trois chaar anaas , soixante-quinze paise

Cette façon de nous nourrir et de nous protéger

Prendre soin de nous tout au long de ta vie a été un dur labeur

Toute ta vie n'est que difficultés et larmes

Quand la journée commencera-t-elle O ! Dieu et de cette façon n'avez-vous pas prié le Seigneur

Lorsque vous êtes en colère, lorsque vous êtes contrarié de vivre la vie

"Que la boue et la poussière soient jetées dans le temple de Dieu".

Vous avez déclaré cela et pleuré pour vos difficultés O ! Mère

Depuis que tu es né, tu as des problèmes O ! Nagavva

Êtes-vous issu d'une famille riche ?

Vous devez travailler comme une déesse du travail qui se bat.

Vous avez tant de luttes à mener

Votre père Nagula Narsimulu est décédé dans votre jeune âge.

Avec ta mère Nagula Venkata Rajavva et ton jeune frère Nagula Narayana

Vous avez beaucoup souffert pour vivre la vie

Lorsque les aînés de la famille partent après avoir grandi et que les filles mariées partent

Ceux qui sont irresponsables, ne travaillent pas en tant qu'aînés.

Peut-être que le poids de la vie pèse sur les jeunes

De cette façon, vous avez beaucoup souffert

La douleur seule est peut-être votre amie

Le travail est peut-être votre adresse

Peut-être que le travail est un culte pour vous

Vous sentez-vous épuisé au travail à un moment ou à un autre ?

Jamais, jamais tu n'es épuisé

En travaillant et en créant des œuvres, vous avez vécu

Tu nous as rendus vivants grâce à ton intelligence et à ton savoir

Nous ne disposons pas chez nous de milliers de milliards, de millions, voire de milliers d'euros.

A l'exception d'une petite maison héritée des ancêtres.

Même cette maison aux murs en terre battue

Il semble que vous ayez construit avec les briques de terre du jardin.

Quand on vous voit, vous ressemblez à la mère des fourmis.

Lutter contre les poids de la vie et je souhaite le dire de cette manière

Quand on vous regarde, vous semblez travailler comme l'abeille.

Après avoir collecté ce qui est nécessaire

Et je tiens à dire que vous êtes un travailleur plein de tact.

Quand on vous voit vivre la vie et conserver l'identité

Comme un oiseau migrateur, tu t'es éloigné et je veux le dire de cette façon.

Lorsque les saisons de culture sont terminées et pendant les périodes de non-récolte

Où sera le travail, me direz-vous ?

En pleine saison estivale, où se trouvent les œuvres, dites-moi ?

Oui, pour ceux qui travaillent, il n'y aura pas de travail !

Pour ceux qui travaillent dur, il n'y a pas de travail, dites-moi !

Comme les oiseaux qui migrent

Comme les abeilles qui parcourent des kilomètres et des kilomètres

Comme des grues de Sibérie traversant l'Himalaya

Vers notre lac Kolleru

Dans notre parc zoologique de Delhi, venez migrer et vivre la vie.

Et lorsque les saisons s'achèvent et qu'ils reviennent

Quand il n'y a pas de travail dans le village, comment vivre sa vie ?

Oui, la vie humaine est une vie migratoire.

C'est une vie de voyageur, que ce soit sur ce chemin ou aujourd'hui.

Après nous avoir emmenés, vous

A traversé le village pour aller travailler à la Karimnagar tobacco Company.

Le salaire journalier est d'une roupie et demie et c'est déjà trop

Être enfant lorsque la sœur cadette reste à la maison

Tu devrais travailler et la sœur aînée aussi, toujours.

Je devrais travailler pendant les vacances scolaires pour vivre

Pour se nourrir et se vêtir, il faut travailler et travailler pour travailler.

Dans le village de Chokkarao pantulu, cour de manguiers, jardins de tabac.

Près de notre maison Maisons de charpentiers au-delà du champ du temple d'Hanuman

Les feuilles de tabac coupées et les chaînes de tabac sont cousues uniquement par nous, O ! Mère

Les grandes aiguilles à coudre des cordes à tabac

Sont encore disponibles dans notre foyer O ! Mère

Dans quelle mesure étiez-vous impatient de créer l'œuvre ?

Pendant l'été, car il n'y aura pas de travaux dans le village.

Chaque jour, vers sept heures du matin, vous devez aller travailler à Karimnagar Tobacco - company.

Pendant deux à trois mois, lorsqu'il n'y a pas de récoltes dans le village

Pendant l'été, c'est peut-être la compagnie de tabac qui nous a permis de gagner notre vie

Qu'est-ce que je sais du travail, moi qui n'ai que moins de dix ans !

Pendant les nuits où l'on fait des heures supplémentaires dans l'entreprise

En collectant les Suthli (fils de jute) des cordes de tabac, j'avais l'habitude de dormir en clignant des yeux.

Lorsque vous faites un clin d'œil pour un sommeil de courte durée, n'êtes-vous pas retiré du travail ?

Comme un coup de fouet dans la vie, je devrais me réveiller et travailler O ! Mère

Avec toi, petit enfant, comme le veau avec la vache

Vous m'avez emmené avec vous au travail O ! Mère

Pendant la campagne agricole, les produits de la culture et les céréales salariales

Il s'accumule et se cache comme une mère fourmi O ! Mère

Oui, aviez-vous l'estomac plein à l'époque ?

D'une certaine manière, je nourris ce sentiment de doute à l'heure actuelle

Vous-même étant sans nourriture, je sens que vous nous avez nourris, moi et les sœurs.

Dites-moi, que mangeait-on à l'époque, un simple gruau de Jowar ?

Dites-moi quand nous avons mangé de la bonne nourriture ?

S'il a été mangé, un peu de riz le soir, où était-il tout au long de la journée ?

N'avons-nous pas tous mangé des morceaux de riz bon marché ?

N'avons-nous pas vécu en mangeant de la bouillie ou quelque chose de semblable ?

Tu préparais du gruau et c'était si bon

Cornichons à la mangue, bouillie et gâteaux de maïs,
aliments lactés et quelques feuilles.

Le don du goût de ta main, ô ! Mère

Peut-être que cette terre a pris soin de nous

Ces champs de culture se seraient occupés de nous

Seuls le travail et l'effort nous ont permis de vivre

Vous ne vous êtes jamais senti coupable de travailler dur

Tu n'as jamais eu honte de porter le panier de vannage

Des millions et des milliards de personnes comme vous ne devaient pas être là

Ce monde aurait-il avancé sur le chemin de la vie ?

Sur le chemin de la vie, tu es un trésor inestimable

Si les personnes qui travaillent dur comme vous n'étaient pas là, le monde serait différent.

Pour ces infortunés, Dieu seul est là et comme sage

Qui est Dieu pour vous, l'œuvre et le travail seulement

C'est parce que tu as cru au travail que nous sommes restés en vie

Si des travaux doivent être effectués, ils doivent l'être dans notre village.

Ou dans le quartier de Karimnagar

En été, s'il n'y a pas de travail, il doit être effectué dans l'entreprise de tabac de Karimnagar.

Le travail sur le tabac nous est d'un grand secours

Lorsque les œuvres ne sont pas présentes en été

Comme la vie est dure et éprouvante

Quelle quantité d'asile pour les difficultés

La vie est un amas de contradictions

Pour fonctionner, il doit y avoir un champ

Pour travailler, un seul endroit est nécessaire

Pendant l'été, pour obtenir le travail, pour donner le travail

L'entreprise de tabac de Karimnagar lors de sa fermeture

Au loin, à quarante kilomètres de distance, à Jammikunta, il est placé

Qu'en est-il de nos moyens de subsistance, dites-moi !

Pourtant, qui ne connaît pas ce Nagavva ?

O ! Monsieur ! J'ai besoin d'un travail, plaidez-vous

Lorsqu'une personne travaille et qu'elle nie

Nous avions l'habitude de migrer comme les oiseaux migrateurs

Chaque été, ils traversent Bommakal et Karimnagar pour rejoindre la compagnie de tabac de Jammikunta.

La sœur aînée a travaillé dur jusqu'à ce qu'elle soit mariée.

Moi-même pendant mes vacances et mes études

Travailler avec vous le plus longtemps possible

Aujourd'hui encore, il doit se trouver à Jammikunta, en direction de la route de Korapally.

M. Anjaiah Tobacco Company

Pendant les vacances d'été, pendant deux à trois mois

C'était un lieu de travail

C'était une hotte animée pour nous

Près de l'église, dans la maison de Chidhurala Ilaiah

Dans une hutte semblable à un magasin

Nous avions l'habitude d'y séjourner chaque été

Quand la langue est bonne, la ville est bonne et ainsi

Peut-être que votre langue est bonne O ! Mère

Peut-être que votre parole est bonne O ! Mère

Dans quel village est parti et dans quel village est parti

Par ta parole, ta bonté, tu as gagné l'amour et l'affection des gens.

Aujourd'hui encore, les fils de Jammikunta Chidhurala Ilaiah fils

Shankaraiah, Janardhan et ses belles-filles se
souviendront peut-être de nous

À l'époque, il y a trente ans, lorsque l'entreprise a
brûlé

Même nos petites affaires étaient en flammes

Avec le propriétaire de l'entreprise, nous étions aussi
des oiseaux délaissés

Oui, comme la vie est pitoyable

La vie est une sorte d'exploit sur l'épée !

Comment le père est-il mort ?

Le père qui vivait comme un roi

Sutaari Taapi Mastry (Un maître d'œuvre de la
construction de maisons) ce père

Celui qui a un travail de père

Dans le puits de la rue Bommakal, la maison de Chokkarao,

Les magasins de manguiers de Chokkarao qui ont été construits avec savoir-faire.

À Parlapally, Nallagonda, Mannempally, Mulkanur

Grâce au travail du père, ces maisons construites sont toujours présentes.

Bien qu'à lui seul, il n'aurait pas gagné

Mais il a construit des bâtiments, des maisons, des manoirs pour d'autres grâce à ses compétences.

Et nous n'avons rien construit pour nous-mêmes

Pour lui, c'était la vie d'un roi

Il s'agit peut-être d'un innocent qu'il faut garder pour demain.

Travailler avec une main pleine

Amoureusement quand, frappé avec une allumette,
l'Ippa Saara (liqueur) qui enflamme

La liqueur pure et non frelatée, c'est peut-être ce qu'il
aimait le plus

Le bien-aimé qu'il admire peut être celui qu'il aime le
plus

Tu pleurais souvent en te morfondant sur ces choses

De son vivant, quel réconfort il m'a apporté et de
cette façon

En tant que maître d'œuvre, a-t-il construit une
maison pour son propre compte en restant chez lui ?

Tu as travaillé dur et tu as construit des murs

Préparer des briques dans l'arrière-cour pour
construire une maison

Le père était une personne pure et sans artifice

Le père était un altruiste qui ne pensait pas à la vie du lendemain.

J'ai entendu dire que tout le monde l'admirait comme quelqu'un de bien

Qu'une bonne personne a été dévorée par la tuberculose

Il se peut que le père soit décédé il y a quarante ans.

Vous devez peut-être avoir une quarantaine d'années

J'avais environ six ans à l'époque

Soudain, lorsque le destin vous enlève votre compagnon

Comment avez-vous supporté, comment avez-vous tiré sur la vie ?

Comment pourriez-vous prendre soin de vos cinq enfants ?

Peut-être, comme le coq couvre tous ses poussins sous ses ailes

Et comme il les protège

Comme la mère oiseau qui met des grains dans la bouche de ses petits

C'est ainsi que vous nous avez nourris et protégés

Quand cette toux chronique et rusée a dévoré le père

En sentant que vous serez aussi emporté par elle combien vous étiez inquiet, dites-moi !

Pour la maladie du père, le bon type de médicaments ne serait pas utilisé

Pour acheter ces médicaments, même s'il n'y a pas d'argent.

Sa propre négligence lui a coûté la vie

Peut-être avez-vous vécu pour notre bien, et avez-vous travaillé pour notre bien

Tu as vécu pour toi et tu nous as fait vivre

Pour cette maladie infectieuse, vous avez utilisé des médicaments de l'hôpital public pendant des années.

Oui ! Le tabac a-t-il favorisé cette toux asthmatique ?

Votre vie n'a pas été un entraînement à l'épée !

Si les cordes à tabac ne sont pas fixées, il n'y a pas de survie.

Comme une lutte contre l'anxiété pour conserver la vie

Comme il faut gagner la vie

Et comme vous devez vaincre la maladie

Vous avez vaincu la maladie

Tu as conquis la vie, tu nous as nourris en travaillant toujours.

Vraiment, vous êtes un travailleur acharné

Votre vie ne connaît pas la fatigue

L'intelligence de la fourmi

La connaissance de l'abeille mellifère, vous avez peut-être

Plus tôt au son du coq tu te lèves et depuis lors

Jusqu'à ce que vous vous couchiez la nuit, vous pouvez être au travail

Vous ne vous êtes jamais senti coupable de travailler

Lorsqu'il faut cueillir une mesure de grains de casse, tu disais à l'époque

Lorsque le maïs était cultivé, nous avions l'habitude d'avoir ces grains

Pendant la saison des céréales, nous avions l'habitude de manger du riz.

Pendant la saison de collecte des piments, nous avons eu des piments

La vie a été pour vous une sorte d'attitude d'épargne

La vie a été une adaptation pour vous

Dans le cadre de la disponibilité, vous avez tendu vos jambes dans la vie

À l'époque, l'électricité et les broyeurs à moteur n'existaient pas.

Si tu étais une machine à travailler

Lorsque le paddy a été pilé dans le broyeur de pierres

Cette nourriture à base de riz pilé était très saine pour la personne.

Chez nous, le maïs et le jowar sont réduits en poudre.

Ce gruau de jowar et ces gâteaux, lorsqu'ils sont consommés, sont très bons pour la santé !

Quelle lutte vous avez menée dans la vie !

Pour vivre, il faut des céréales pour cuisiner et des bâtons de feu pour faire la cuisine.

Permettre à la charrette de la vie d'avancer chaque jour est une angoisse.

Pour une œuvre vous déclarez et qu'une autre est à ajouter

Lorsque vous vous mettez au travail, vous déclarez qu'il y a encore des choses à faire.

Vous affirmez que la gestion du temps est indispensable

Quels sont les jours fériés pour vous ?

Vous ne savez pas ce qu'est la fatigue, si ce n'est l'angoisse du travail O ! Mère !

Cet appel, c'est un doux souvenir.

Il résonne dans la gorge

Comment pourrais-je être là sans toi ?

Comment puis-je imaginer la journée sans toi ?

Soudainement sans aucune information vous-même

C'est là que vous êtes et que vous êtes en bonne santé

En prenant la nourriture

Lorsque le morceau de nourriture est coincé dans la gorge

Avec une voix altérée et une lutte acharnée

Prendre de l'eau et m'appeler par des signes de la main

Comme je le regardais, à travers mes mains quand vous partez

La mort arrive-t-elle si facilement ?

Sous nos yeux, l'oisillon est enlevé par l'aigle.

Le festival de Dasara aura lieu demain.

Soirée vers sept heures

Nous sommes tous en train de regarder quand tu es parti

Comment puis-je le supporter, dites-moi ?

Avec quelle voix dois-je dire que la mère n'est plus ?

Que vous viviez et que vous soyez en vie

Ayant été conduit à l'hôpital

Et quand ils ont déclaré que tu n'étais pas en vie

Que dois-je me dire ?

Vous êtes parti sans déranger personne

Comme une fleur fraîchement lavée, habillée et arrivée de Bommakal à Karimnagar.

Conversation agréable avec la belle-fille

Comme si tout cela était très agréable, vous êtes parti en prenant la nourriture

Quelque part, il y a quarante ans, quand le père est parti

Ne pas savoir ce que sont les larmes

Depuis lors, mon seul soutien et mon seul contentement sont les vôtres.

Quatre-vingt-trois ans à vivre comme un arbre

Comment avez-vous pu vous effondrer si soudainement ?

AVVA, la mère

Comment pourrais-je oublier tes souvenirs ?

Que pensez-vous de moi ?

Au moment où tu t'en vas, la bénédiction que tu m'as apportée

Peut-être que ma mère me donne tout

Elle m'a tout donné

Et c'est avec cette confiance en soi que je déclare

La mère est la déesse qui me bénit et de cette façon

Ayant lu mon livre "Nadhi Naa Puttuka" (Rivière mon origine)

"Le mari de Sharada sera toujours baisé par Nagavva" de cette façon.

Ayant écrit avec amour M.V.L. Narasimha Rao

Que ses paroles deviennent la vérité O ! Mère !

Étude, littérature, livres sur tous ces sujets, que sais-tu ?

Bien qu'il ne soit pas connu sans aucune forme d'éducation

Là où personne n'avait étudié dans cette maison où je suis né moi-même

Vous m'avez donné l'occasion d'étudier

Sans entraver mes études, vous m'avez éduqué

Quelqu'un vous aurait dit

"Ce garçon étudie bien et il faut donc l'éduquer.

L'oiseau fait beaucoup de bruit pour le bien de ses enfants

Ainsi, dans l'intérêt de vos enfants, vous avez lutté

Pour la nourriture et les vêtements, vous vous êtes très bien occupés de nous

À l'époque, les élèves de troisième ou quatrième année devaient payer les frais de scolarité.

Pour cinq ou dix paisa, combien j'ai pleuré et qui le croira ?

Dans la faible lumière de cette petite lampe à pétrole

Lorsque je déclare que j'ai étudié jusqu'au niveau de la licence, qui croit que j'ai étudié jusqu'au niveau de la licence ?

Dans la maison, il n'y a ni électricité, ni ventilateur, ni radio.

Toujours moi, Narayana Reddy, Shekar, Kishan Rao aussi

Dans notre maison, nous avions tous l'habitude d'étudier

Peut-être plus que celle de leur propre maison

Dans notre maison, ce que nous avons de plus

Qu'il s'agisse d'étude, d'amour, d'attachement ou d'affection

Ceux qui les aiment même sans rien

Les personnes qui admirent peuvent également être présentes

Vous êtes comme une langue dans la bouche pour tout le monde

Vous étiez admiré de tous

Pour moi-même, en étudiant avec tout le monde

Sans argent suffisant pour l'instant

Il y a eu des jours où j'ai lutté

Il peut s'agir de dizaines ou de centaines de personnes qui les ont remboursés

AVVA, la mère

A tous ceux qui m'ont secouru, je salue à leurs pieds
O ! Mère !

Ta parole est un bouquet de perles, ta parole est un son de cloches

Votre parole vaut celle de dix villages

Votre parole a l'assurance de celle d'une montagne

Votre parole est le cercueil du folklore du Telangana

Il y a tant de vérités de la vie que tu racontais

Autant de dictons, de citations et de bons mots

Vous aviez l'habitude de dire ce qu'il fallait pour l'occasion

Comme elle, vous avez la vision de l'avenir

Comme elle vous avez filtré la vie

En tant que telle, la vérité vivante est déclarée

Combien de dictons et de mots en forme de nectar as-tu l'habitude de dire souvent ?

Celui qui s'est réjoui plus tôt ne sait pas ce qu'est le festival.

Lorsque le pauvre homme a suivi les voleurs dans toute la forêt, il semble qu'il ait plu.

Graines de coriandre non pilées par elle (cette dame aimante)

Ce qu'elle a cuisiné est apparemment très savoureux.

L'épouse de ce type qui a de l'orgueil semble avoir duré avec des fruits de prune.

Ne soyez pas puéril, O ! Chick on any day you are for the cat only" (poussin, quel que soit le jour, vous n'êtes que pour le chat)

Comme attacher le fil de la taille des crevettes au chat

Comme attacher le tissu à la bouche du cheval '

Seigneur O ! Seigneur ! Comment va votre estomac ?
La réponse est qu'il suffit de ne pas faire couler le
gruau".

L'étude est insuffisante, mais les craies sont solides.

Même si la fille n'est pas très belle, l'appel doit être
beau.

Celui qui a donné est une mouche et celui qui a reçu
est un tigre".

Un fruit est-il un fardeau pour l'arbre ?

Ni femme, ni grossesse, la jeune fille s'appelle
Maisamma".

L'enfant n'est pas encore né, mais la casquette est
prête".

Si une mesure est donnée, même les cassis doivent
être cueillis.

Lorsque le pot à feu est en haut, le matériau du foyer doit être en bas.

Un roi pour Delhi, mais un fils pour sa mère".

S'il fait frais au niveau du nombril, on peut répondre même à un Nawab (roi).

Celle qui a une chevelure abondante, quel que soit le type de coiffure, est belle.

L'excrément sans enfant est le trésor sans enfant".

Fierté dans la tête, arrogance dans les yeux et avec eux, ils se sont déplacés pendant quelques jours.

De même, les vérités de la vie sortaient très facilement de ta bouche

Où avez-vous acquis une telle expérience ?

Est-ce l'attachement que procure la pauvreté ?

J'ai trouvé stupide d'entendre tes mots

N'importe qui, n'importe où, quand vous preniez

Les heures passées ensemble sont considérées comme magiques

De votre vivant, vos paroles auraient été enregistrées

Le vôtre était un pur folklore du Telangana

L'accent du Telangana était le vôtre

Saisir votre parole, l'enregistrer

Pour prendre une vidéo, je pensais

Sans donner l'occasion, sans savoir, sans dire

À l'improviste, vous nous avez tous quittés.

Chaque fois qu'on te l'a dit, à qui tu l'as dit, tu l'as toujours dit,

Mon fils est très bon, que pensez-vous de mon fils ?

Quand je suis né au petit matin avec Gandla Jagannatham

Notre père montrant l'almanach et à son retour vous avez déclaré qu'il était très heureux

Mon fils devient intelligent et célèbre, c'est ce qui a été dit.

Et vous avez dit que le père était très enthousiaste

la bonté de mon père et de votre intelligence, j'aurais peut-être eu

Je vis de cette façon

J'appelle un chat un chat

La vérité est une vérité que j'affirme fermement

Je me comporte de manière directe

C'est pourquoi les gens disent que je ne connais pas la mondanité

Ce que j'aime Je déclare similaire à vous

Je supporte les troubles et les tourments comme toi

Tu seras encore en vie pendant cinq ou dix ans, c'est ce que j'ai pensé

Tu nous quittes si tôt que je ne m'y attendais pas

Qu'est-ce que ce père a été

À l'âge de six ou sept ans, il est parti sous mes yeux

Jusqu'à ce que j'atteigne l'âge de vingt-trois ans

Jusqu'à ce que j'aie un emploi, tu as lutté

Vos ennuis seraient terminés

Avoir été employé et avoir travaillé de mil neuf cent quatre-vingt-trois à deux mille neuf

Pendant vingt-six ans, j'ai pris soin de toi

Ce que j'ai gagné n'est pas des lakhs

Vous auriez pu croire que je ne gaspille pas d'argent

Quand une maison est construite à Karimnagar

Mon fils a construit un bungalow et s'est senti heureux ainsi

Être soi-même une déesse du labeur et du travail

Lorsqu'un terrain agricole de deux acres

Si Bommakal avait été pris, vous vous seriez sentis ravis.

Il n'y a pas de dettes ni d'amoncellements

Mon nom et ma renommée valent des lakhs de mots

J'avais un désir

Dans ma cinquantième année, en l'an deux mille dix

Sous vos yeux, à l'occasion de mon cinquantième anniversaire

Entre amis, proches et chers, poètes et écrivains

Cinquante amis intimes et poètes seront honorés

La même année, l'achat d'une nouvelle voiture

Et dans cette voiture, faisant asseoir cette pauvre mère à ses côtés

De Bommakal à Karimnagar, j'ai voulu vous apporter

Pourquoi ce désir n'a-t-il pas été satisfait ?

Pourquoi vous ne m'avez pas donné l'opportunité

Pourquoi cette rupture ?

"Ne pas aller après les grands discours", c'est pour me dire que de cette façon

"Soyez modeste et dans vos limites", est-ce à dire de cette façon ?

Est-ce pour que je vive comme un homme ordinaire ?

N'allez pas chercher la grande fierté, c'est le cas de le dire

Pour moi, combien de choses tu as racontées et laissées !

Ta mort m'a appris beaucoup de choses

Il m'a donné une vision

Il m'a donné un look futuriste

Comme il est dit de ne pas oublier sa mère et son lieu de naissance

Comme il l'a dit, n'oublions pas notre maison et notre village

Tu m'as dit beaucoup de choses et tu es parti

Ceux que je n'avais pas et ceux que je ne pouvais pas obtenir tant de choses précieuses

Si je n'avais pas été là, tu serais peut-être parti

Pour ceux qui ne me connaissent pas complètement

En les informant sur moi, tu serais parti

C'est pour cette raison que maman m'a tout donné

Je pense qu'elle me donne tout

Si l'amour maternel est présent, cela signifie que tout est là.

Tout ce qui vient, tout ce qui est donné, la mère le donne à tous.

Le bonheur, le confort, le plaisir sont des bulles d'eau.

Les difficultés, les larmes, la douleur sont une seule et même guirlande dans la vie.

Comme un être vivant dans la nature, cette droiture

Comme il l'a fait pour une personne parmi d'autres, comme cette personne

Tu m'as dit de vivre et tu es peut-être parti

Le 27 septembre deux mille neuf, quand vous serez partis

J'ai attendu jusqu'au 3 septembre deux mille dix

Comme un oiseau qui attend des gouttes de pluie

Pour écrire sur toi des centaines de fois, je me suis souvenu

Semblable aux averses de mots

Comme des gouttes de larmes cristallines et pures ou du lait maternel, elles ont coulé.

Les larmes et la pauvreté, simultanément l'une derrière l'autre, descendent rapidement

Oui !

Troubles, larmes et poésie sont intimement liés

En revenant trente ans en arrière, je me remémore

Jusqu'à la réussite de l'étude intermédiaire

Livres et littérature ceux dont je ne sais pas ce qu'ils sont

Étudier en vue d'obtenir un diplôme avec des amis, devenir un dévoreur de livres

Moi-même lentement comme celui qui est né dans les collines et les forêts

Comme l'écoulement naturel d'un ruisseau

Écrire des poèmes, écrire des histoires

Et continuellement les romans à écrire alors j'ai appris

Tous ces écrits sont des blessures d'enfance et des écrits inexpérimentés

Des centaines et des milliers de pages écrites et envoyées à des magazines

Même pour les poster, il faut de l'argent

Une fois pour l'huile d'arachide pour obtenir ce que vous avez donné

Même ces dix ou vingt roupies

Lorsqu'il est utilisé pour afficher les écrits

En tirant sur la vie qui est très difficile, vous êtes blessé et réprimandé

"Que vos romans soient en flammes, il semble que ce soit des romans".

Vous avez connu le pathos dans votre propre vie

Mon anxiété est la mienne, la littérature, les écrits, le nom, les magazines et la manière.

Je verse des larmes goutte à goutte

Cette petite plante de la littérature née alors

Actuellement, le vaste monde m'est offert

Il m'a apporté tant de personnes intimes

J'ai eu des admirateurs

La vie n'est pas une suite d'imaginations

La vie est réelle

La littérature est une révélation de la vérité

La littérature est au service du bien-être de la société et c'est ainsi qu'elle est connue.

Le chemin de la vie que j'ai parcouru

Vous l'auriez remarqué !

Quand tant de gens sont perdus, c'est la vie

Même le nom et la renommée doivent être rejetés par l'homme

Comme vous l'avez dit et comme mon père l'a pensé, je suis une personne chanceuse.

Ou un célèbre bien connu que vous auriez remarqué

Mon étude et ma littérature, vous l'aurez remarqué

Mes amis, mes bienfaiteurs et mes intimes que vous auriez connus

Mes réflexions et les goûts que vous auriez regardés

Étant né poète, que puis-je offrir à qui que ce soit ?

A ceux qui m'ont admiré

À ceux qui m'ont inspiré

Pour avoir donné naissance en se souvenant des parents

J'ai publié des livres.

Même aujourd'hui, quand tu n'es pas là

Attente de plus de trois cent soixante jours

Compiler les expériences et se remémorer la vie

Pour ton bien, j'ai commencé à écrire en écrivant et en travaillant, tu sais que c'est une satisfaction.

Faire faire les travaux et me guider et tout cela est entièrement à vous

Mon chemin de vie et pour son mouvement futur

J'accepte ce que la mère m'accorde

Ce que la mère m'ordonne de faire

Incognito tu es la déesse qui me fait avancer

Pour le bateau de ma vie, tu es le gouvernail et la tête de mât

Sur le chemin de ma vie, tu es le phare de la lumière

Pour m'avoir donné la vie, je vous suis redevable.

Dans ce monde, celui qui m'a le plus aimé

Le seul être vivant, c'est soi-même

Ton amour, tu l'aurais distribué à tous tes enfants

Ton amour, tu l'aurais donné à tous ceux que tu aimais

L'amour que tu as manifesté à mon égard, cette affection peut être composée de quatre-vingt-dix-neuf parties

AVVA, la mère

Tu as toujours veillé sur moi

Partout et toujours, j'étais dans ta vision

Pendant mes études, il m'arrivait de venir à dix ou onze heures tard dans la nuit.

Pour mon bien devant la porte d'entrée

Tu avais l'habitude de t'asseoir pour m'attendre

Pour les jeunes qui ont quitté le nid

Comme cette mère-oiseau qui attend

Pour ma sécurité, vous vous concentriez beaucoup.

Tu me donnais des conseils, tu me disais d'être prudent

Dans ce contexte, j'avais peur pour vous

Vous savez que je suis une personne négligente

J'avais l'habitude de craindre de ne pas blesser ton esprit

Vous êtes un être vivant indépendant

Vous êtes un leader et vous avez l'habitude de dire que seule votre parole doit être suivie.

Parfois, il faut faire ce que l'on veut

Vous me demandez de faire ce que vous voulez et ce qui est correct pour moi

En ce qui me concerne, je déclare que je ferai ce que je veux

Ici, il n'y a que parfois des divergences d'opinion

C'est ainsi que tu avais l'habitude de craindre pour moi

Cependant, votre courage et votre sens de la sagesse sont formidables !

Bien que vous ne commandiez pas de faire, vous aviez l'habitude de parler d'une manière motivante.

Votre parole est un plan intelligent

Votre parole est une opportunité commode

Ta parole est un soutien, un réconfort

Votre parole est une caution une attitude opportune

Cette capacité, où en est-elle pour moi ?

Vous dites qu'il faut d'abord imaginer le mal et ensuite penser au bien.

Dans ma vie, il n'y a pas de mal et de bien-être

Les deux sont égaux

Quoi qu'il arrive dans la vie, je dis que je l'accepterai.

Être celui qui a connu des difficultés dans la vie

Vous dites que tout doit être prudent et ne pas être gaspillé

Vous demandez à ne pas dépenser l'argent inutilement

Je ne prends pas ces choses au sérieux

Il n'y a pas de gaspillage

C'est la dépense pour le besoin de l'heure et c'est tout

S'il est excédentaire, c'est uniquement pour les dépenses.

J'ai déclaré que j'avais un peu d'intelligence comme une partie de la vôtre

Alors comment puis-je faire du gaspillage ?

Pendant tout ce temps, il a suffi de maintenir la vie à un seul niveau

Au cours de ces cinquante années, ce qui a été omis est suffisant !

Cette vie est suffisante

J'ai l'impression que la vie est comme une piscine d'eau claire et fraîche

L'utilisation de l'eau elle-même est la vie

Ces crédits et débits sont simplement les suivants

Votre belle-fille Sharada est également une déesse de l'épargne.

Pour celui qui est sans le sou, en vérité, quelle est la valeur de ce monde ?

C'est pourquoi vous dites peut-être que l'argent doit être épargné

Une telle situation n'a jamais existé, que ce soit à l'époque ou aujourd'hui

Rien à voir avec le solde d'une banque

Si l'argent seul doit être gagné, des millions peuvent être gagnés, ils peuvent être dépensés

Cette confiance en soi est présente

Cette nature n'est pas l'apanage de moi, mes fils aussi l'ont.

Il n'y a rien de tel que ce qui est à moi

Je désire la vie qui est la nôtre

Il faut des personnes qui s'aiment et se portent de l'affection l'une pour l'autre, et ce n'est pas tout.

Il existe de nombreuses valeurs plus importantes que l'argent

L'amour, l'affection, l'humanité et tous les autres éléments de ce type sont nécessaires

Pour l'homme et parmi eux, peu sont en moi

Et ces parents qui m'ont donné tant de qualités, combien ils sont géniaux !

C'est pour cette raison que les parents sont mes principales divinités

Ne jamais rechercher les prétentions ou le show-business

Pour le besoin, je travaillais comme une mère

Lorsque toutes sortes d'amour et d'affection sont déversées uniquement pour de l'argent

Uniquement pour ceux qui aiment l'homme pour l'amour de l'homme

J'ai angoissé

Quoi qu'il arrive, ma vie m'appartient.

Comme une rivière qui coule, comme un arbre qui fleurit

La rivière est un idéal, l'arbre est un idéal et il faut s'attendre à vivre de cette façon.

Même le fleuve débordant peut parfois ressembler à un désert

Bien qu'il s'agisse d'un arbre à la floraison étonnante

Dans le cadre du cycle saisonnier et de manière naturelle

On dirait qu'il est flétri depuis quelques jours

Le voyage humain de la vie est-il différent de celui-ci ?

Sur le chemin de la vie, il y a des soulèvements, des troubles et des larmes.

Il y a des souvenirs doux et inoubliables

Qu'il s'agisse de doux souvenirs ou de bonheur, c'est une douce douleur seulement

La vie, c'est comme enlever une épine avec l'épine

Sans douleur, où est la vie ?

L'esprit humain doit être comme du lait pur et non frelaté, et c'est ainsi qu'il est possible d'obtenir des résultats.

Il devrait être comme des larmes non polluées et de cette façon

Pour être plus proche de ces personnes

Je désirais beaucoup bouger de cette façon

Je m'attendais à ce que vous puissiez vivre encore quelques années

J'ai souhaité cela, mais tu me laisses seule

De manière aussi rapide et en l'espace de quelques minutes

Tu as quitté mes mains, n'est-ce pas ?

La mère n'est pas là et affirmer que ma bouche ne s'est pas ouverte

Pendant toute ma vie, je t'ai cru comme un soutien

Dans ma vie, j'ai pensé que tu étais le pilier de soutien

Dans ton ombre et dans ces reflets, j'ai grandi

Pour répondre à vos ambitions, j'ai développé

Peut-être ai-je vécu selon votre approbation et votre désir

Lorsque quelqu'un fait un commentaire sur moi, l'avez-vous autorisé un jour ?

Peut-être suis-je aussi, comme vous, trop bavard

C'est vous qui l'avez dit et c'est ce que les gens disent.

Dans le village, vous êtes mon adresse, que ce soit pour telle ou telle génération.

Lorsque je dois être identifié pour les habitants de notre village

Il ne doit être raconté qu'en tant que fils de Sabbani Nagavva et tout le monde le sait.

Votre maison, votre village, combien sont plus proches de votre cœur

Dans ta maison, les arbres et les plantes, comme tu as grandi avec amour

Devant votre maison, l'ordre dans lequel vous l'avez entretenue

Même si vous n'êtes pas présent, votre maison doit être maintenue en ordre.

Avec le marqueur, dessinez les lignes que vous avez tracées avec du calcium et de la poudre de couleur rouge.

Apparaissent encore aujourd'hui

Celles que vous avez ajustées les tuiles en terre sont tordues et regardent

Ceux que vous avez plantés les arbres sont comme les moins jardiniers

Comme il attend pour le berger du bétail sont avec ces regards

C'est pourquoi la maison où vivait la mère est un lieu sacré

Un bâtiment commémoratif

Ce que dit la mère

Mais combien d'œuvres puis-je encore réaliser ?

Dans ce mémorial où les parents sont devenus des divinités

Le lieu où vivaient ces divinités est un sanctuaire

Ce sanctuaire doit être rendu sacré par de bonnes actions

Pour cela, tu dois me donner de la force

O ! Mère ! Vous êtes une impératrice aux opinions indépendantes

Cette maison est à elle seule un paradis pour vous et votre royaume.

Le plus souvent, vous avez aimé être indépendant

Lorsque je suis employée dans les premières années avec nous pendant quelques années

Vous avez séjourné dans votre ville bien-aimée, Sircilla, la demeure des Padmashaalis (tisserands).

Pourtant, c'est votre Bommakal que vous aimiez le plus

Votre lieu de vie, votre maison, vos arbres et vos plantes

L'environnement de votre village, les personnes que vous aimiez et admiriez beaucoup

Tous ont été utilisés pour affirmer que : qu'est-ce qui ne vous suffit pas ? Vous êtes la reine

Pourquoi se préoccuper de la cuisine et des soins domestiques ?

Qu'est-ce que je perds ? Je reste ici et je reste là

C'est ma maison et c'est ma maison, disais-tu.

Lorsque vous avez visité Karimnagar à l'occasion d'un festival

Vous aviez l'habitude de rester satisfait aussi longtemps que vous le souhaitiez

Pendant votre séjour à Karimnagar, avez-vous été gardé à l'écart ?

C'est vous qui avez le sens du travail

Vos mains n'ont jamais été habituées à garder tout à fait

Dans le verger de l'arrière-cour et à l'avant-plan, des plantes

Ramassage de tous les débris utilisés pour maintenir l'ordre dans les environs

Sur la dalle du toit du bungalow rassemblant toutes les feuilles de matériaux

Collecter même dans les coins que vous gardiez propres

Manger avec satisfaction en étalant des linges dans un coin où vous aviez l'habitude de dormir

Toujours travailler, étudier et écrire, c'est peut-être ce que vous pensez.

Enseigner à mes enfants scolarisés et rentrer à la maison : quel travail pour moi ?

Le fait d'étudier avec intérêt et d'écrire quelque chose est le seul élément qui n'a pas été pris en compte.

La littérature comme le souffle et l'amour, je l'ai vécue

Pendant vingt-cinq à trente ans, j'ai vécu avec cette maladie comme une pénitence

J'ai aimé la bonté

J'ai voulu couronner le mérite

Je pourrais gagner tant d'admirateurs et d'amis

Semblable à la mer qui absorbe tous les sels

Avaler toute l'essence de la vie et la retenir dans le cœur

Ne suis-je pas cette mer silencieuse ?

Comme une rivière qui coule avec de l'eau pure et cristalline

Ne suis-je pas à l'origine d'une telle rivière ?

Vivre comme un soutien pour peu de gens Je suis comme l'ombre de cet arbre

Laver le cœur avec des larmes

Les polluants ne touchent plus personne et je suis la personne qui croit en cela.

La vie est semblable à l'écoulement d'une rivière

Tant de sympathisants et d'amis intimes

Ceux qui ne m'aiment pas seront également présents

Les gens ont l'habitude de dire que je n'ai pas la sagesse du monde !

L'un devrait être plan et causal et je crois que c'est ainsi.

La tromperie et les conspirations ne sont pas nécessaires et je l'affirme.

L'intérieur d'une chose et l'extérieur de l'autre ne sont pas nécessaires et c'est ce que je ressens.

La bonté et l'humanisme sont nécessaires Je déclare

L'amour et l'admiration sont nécessaires Je déclare

Bien que je sois parfois seul avec tout le monde

Toujours l'anxiété et l'inquiétude de la vie

C'est dans cet état d'esprit que vous êtes parti

Un soutien est perdu

Un mot a disparu

Non seulement pour moi, mais aussi pour vos trois filles.

Si quelqu'un rencontre un problème grave

Vous aviez l'habitude de donner du courage avec vos mots

Que ce soit à l'intérieur ou à l'extérieur du domicile

Même si vous n'avez pas pu

Avec l'appui de votre canne

Tu avais l'habitude de faire le tour de toutes les maisons que tu aimais

O ! Mère !

La vie peut avoir une fin

La poésie aura-t-elle ?

La poésie est l'enfant chéri que j'ai nourri

La poésie est la mère qui me réconforte

La poésie est le chouchou qui me divertit

La poésie sera toujours bienveillante à mon égard et de cette façon

J'ai voulu, j'ai fait la pénitence

Vous pouvez donner le fruit de cette pénitence !

La vie est un test pour moi

Je suis conscient de mon objectif

J'ai réussi dans une certaine mesure, mais il reste encore beaucoup à faire.

La vie, c'est ruminer la vie

Pour aller plus loin

Ce que l'on souhaite, qu'il vienne ou non

Je l'accueille avec sérénité

Pour la vie de demain, j'ai avancé avec espoir

Au fur et à mesure que vous avancerez, la route se dessinera d'elle-même

La vie est un rêve

La vie est un doux buisson d'espoirs

La vie est une longue attente

La vie est un objectif principal

Un seul but dans la vie avec certitude

La vie une discipline

La vie est une morale et une honnêteté

La vie est une égale justice

Dans la vie, chaque mouvement

Environ quarante-six et quarante-sept ans

J'ai observé avec attention

La vie est celle qui s'étale

Et coule comme une rivière et ça je l'ai compris

La vie est une vie qui donne des fruits, des feuilles et des fleurs

Et c'est comme cet arbre aidant, tel que je le connais

Comme une colline solide qui se dresse fermement

L'homme doit vivre et c'est ce que j'affirme

Sur ce chemin de vie

O ! Mère !

Ton souvenir est un parfum pour moi

La valeur des personnes

On ne sait pas quand ils sont présents

Il semble que l'on comprenne quand ils ne le sont pas

Un poète dit : "Les disparus sont les doux souvenirs des présents".

Plus que celle de Dieu

Les parents sont des divinités et c'est ce que je pensais

Tu es la déesse qui me bénit

Comme une œuvre poétique incomplète comme l'est la vie

Même ce poème !

Moi-même qui suis le vôtre, que puis-je vous offrir ?

Sauf ces mots qui valent des millions chacun

La vie est un souvenir parfumé

La vie est un regard plein de sérénité

La vie est une seule voie royale, un seul chemin

Suivre cette voie

Toi-même, comme une ombre, tu me montres le chemin et

Mes rêves seront réalisés grâce à vous

J'espère que ce n'est pas une mauvaise chose de s'attendre à cela.

Lorsque mon énergie est insuffisante, tu dois me la donner

Lorsque je commets une erreur, tu dois me réprimander

Jusqu'à présent, comme une rivière qui coule rapidement

Cette vie qui est la mienne aujourd'hui

Le mouvement peut être lent ou régulier

Plus que la déesse du temple qui n'apparaît pas

Les personnes pieuses sont-elles meilleures qu'il n'y paraît ?

Ainsi, la mère, le père et l'enseignant sont considérés comme étant Dieu

Ainsi, tu es la déesse qui me donne une bénédiction.

Vous êtes mon idéal

Non seulement pour moi, mais aussi pour beaucoup de gens, un idéal.

Votre lutte, votre vie ceux qui la connaissent

J'ai beaucoup à apprendre de vous

Vous devez nous apprendre le courage

Doit apprendre de vous la confiance en soi

Votre bavardage est à apprendre

Votre tolérance et votre patience à apprendre

Pour les difficultés et les souffrances

Il ne faut pas craindre

Il ne faut pas s'énerver, il faut apprendre.

Jusqu'au dernier moment de ta mort

Vous ne viviez que pour le bien-être des autres

Regard sur les personnes en difficulté

Vous étiez angoissé à l'idée de les rencontrer et de parler avec eux

Vous nous disiez d'aller à la rencontre de ces personnes

C'est pourquoi O ! Mère !

Vos souvenirs sont des cadeaux précieux pour moi

Pour cela, votre lieu de naissance est le village de Rekonda.

Le lieu où vous avez migré et vécu ce Jammikunta

J'ai visité les deux endroits

Dans le pays où tu t'es déplacé, dans ce lieu, j'ai erré et

J'ai rempli mon cœur de souvenirs

Tes souvenirs resteront toujours dans ma mémoire

Me donnera de l'énergie

"Lakshminarayana

Un seul mot !

Soyez un peu vigilant

Attention !", disais-tu

Chaque fois que je sortais, n'importe où

Oui ! Où est le mot "vivant" aujourd'hui ?

La vie est une œuvre poétique incomplète

La mère est un doux souvenir !

www.ingramcontent.com/pod-product-compliance
Lightning Source LLC
LaVergne TN
LVHW041621070526
838199LV00052B/3207